モーツァルトになっちゃった

有働　薫

思潮社

モーツァルトになっちゃった

有働薫

思潮社

目次

a

b

装画＝正藤晴美

モーツァルトになっちゃった

a

風さん！　お店のひと？

あゆみさんに

丘の上にまんまるな月
薄雲のクッションを
瞬間ごとにとりかえて

明け方の高い空
見上げる距離

開けたままのドアによりかかって

背が高いね
どうぞ　もうすぐはじまります

毎日のひと
瞬間のひと

月とわたしは最短距離で
真向いに

風さん！　お店のひと？

月と時間

白い花が咲いている
少し風がある
木の花
大木になるはずだった木
ほっそりと枝をひろげている

月ほど時間に身をよじるものはない
「白い月」というヴェルレーヌの詩は

「妙なる時刻」というフランス歌曲になり
若いカウンターテナーに歌われる

まじりけがなくやわらかく
奥深くかなしい
月がつくりだす景色に溺れながら
もうずいぶん長く影法師に逢わない

今とこれから
子守唄のようにもつれ
白い花のように
ゆれる

白炎

ある日　緑が金色に見える
大地から目ざめて
金鉱が
緑に染まる

海がさらに深まる
深海が緑に騒ぐ

（人形には　ごはんつぶが……）*

空に
潮がながれる
穏やかに

緑藻がゆれ
魚の群れがやってくる
鳥の群れが去る

夕方
空に
海の潮がゆっくり流れていく

＊佐藤秀樹「こども部屋の朝」より

欠食

青葉の放課後
給食のミルクの匂い
ララ物資の脱脂粉乳は
上澄みを飲んで顔をあげると
どの子も白い口髭の老人

メラミン樹脂のお椀の底に
厚ぼったく沈澱している

黒板のみぞには
白墨の粉が詰まっている

秘密を抱えたわたし
（それがうれしくてたまらない）
両腕で囲んだけばけばのぴくぴくを
覗きこむと出てくる小さなため息

よしこちゃんは
お椀を胸に抱えて
校門を出る

ランドセルが踊り
両手が揺れて
家につくころには

お椀の底に
へばりついている
ローセキの
粉みたいに

雨が降ったら

雨が降ったら行くよ
夕方　薄闇にまぎれて
家には入らない
屋根か　フェンスの陰に
ひっそり

ガラス戸にうっすら

月夜の影法師のように
踊っているのが見えたら
小さい声で
泣く

《今晩は待っていないでください。夜は黒く白いでしょうから》*

晴れて
星がつめたく輝く夜は

それがなんだかわからないけど
からだのなかに
はげしく燃えあがって

ごうごうと深海をながれる

親潮と黒潮のめくるめく交差
めがけて

走る

（わたしのなかはからっぽ
ただ恋する気持ちだけ）

＊ネルヴァルが叔母に宛てた最後の手紙。野崎歓『異邦の香り』より

地中海天使

背中には羽根がついていて
音楽に乗って飛んでいく
どこまで
成層圏へ
急降下し真っ暗な深海へ
Look at me !
落ちながら叫ぶ
Look at me !

やおら上着を脱ぐ
音楽は揺るぎなく疾走
地中海的明眸
翳りなき輪郭
強度と明度
清澄度
速度
passion
顎を上げ瞼をおろし
明るすぎる光線をさえぎりつつ

失声巨鳥

ナイーヴな
傷つきやすい
透視力のある
聡明な
子供のあなた
世界が見える
見えてしまう
意識と神経が相克して

発熱
ベッドの中
ぐっしょり汗をかく
いろいろな夢を見る
魂が
浮遊する
哀しさを通りこして
黙ったままでいる

サヴィニオ*——まぼろしのオペラ

ぼくたちは父を欠いて
北西に復路を取る

文明の遠心力に乗り
ゴルフのドライバーショットのように
風に運ばれる若い種のように
バルバロスと呼べば呼び得る
しかし彼らからすればこちらがバルバロス

人ひとりの生涯ほどではまだ異物であるにちがいない

兄のタブローの背景では
豊かに白煙を噴く機関車が車列を牽いている

極小グループの帰還飛行隊は
イオニア海の白い小島で小休止する

《Sperai vicino il lido　Credei calmato il vento……**》
（岸辺に近いと願って　風がおさまると信じて……）
まだ十代の半ばに

とてつもなく大きなかんかん帽と黒真珠のネックレースに見送られ
別れていく紺碧の海
ぼくたちはしんじつ

春に北へ帰る渡り鳥のように
よるべない旅のさいごに
果てなく広がる灰色の湖沼が待っているだろうと信じて

朝方の半醒の意識に
しきりに空ろな文字を書きつけていたせいで
年始休暇明けのごみ収集
トラックの時間さえやりすごし
年末からの生ごみを抱えこんでいる

アルベルト……
とらわれていた
例によって苦い自責のコーヒーを寝起きの喉に流し込む
何をやっても中途半端に
家庭にも季節にも

さらには人生にも顔を背けて
だから……
やがてひとりで死ぬことになる……

サヴィニオ……
しかしついさっきまで
久方ぶりに戻ってきた生の実感……
極端に集中していた

《Un vaste et tendre Apaisement Semble descendre Du firmament Que
l'astre irise……》（ゆったりと　やさしい和らぎが　月の渡りの　虹色の空か
ら　降りてくるよう……）

経験の浅い渡り鳥の一行は
アテネからヴェネチア、ミラノそしてミュンヘンへと移ろい

やがてさらに西に流れてパリ市内のホテル住まいへ
くたびれた旅装に取巻かれ
つまり
渓谷に置き去りにした家具
将来を託す貯えをたずさえ
生活の土台を捨て
なぜまだ見ぬ土地へさまよい出たのか

アルベルト
母そして兄がいる
だが二十歳にも満たずすでに血と
思いの故郷である異郷をさまよい絶対の孤独を胚胎していた

人の間に置き去りにされ
素晴らしい世界で

成功を期待する才能を信じて
しかし煩わしがられ重荷にされ
ちちははのない唯一の世俗に属する兄を愛している

《Mon navire est un poison d'argent. Mère et toi mon frère et vous amis,
adieu !》
（ぼくの船は銀の毒薬　母　そしてきみぼくの兄　友人たちよ　さらば！）

だから
サヴィニオ
恋する女性を創造したい
旅の途上で遭遇した
まだ名前のない名前以前の
蒼空を背に手を振るしなやかなイマージュを

イタリアバロックオペラは隆盛と錯誤とによってモンスタラスな発展を遂げ
南から北へ北から南へ
不吉な旅鳥のように渡りをくりかえしコンティネンタルランドを席捲した

コンセルバトワールの生徒だったときから
心に住み着いたオペラの幻影　生活の気晴らしであって信仰
反省であって熱狂　生活のすべて　人生の全体
遊興であって哲学　繁栄し凋落する文明の蜃気楼
王が企画し民衆に注ぐ統治のマナ

冬の木の花にぶらさがって枝をゆらすメジロよ
風のない漂鳥の昼下り

娯楽であって哲学　絶望であって希望

誤解であって究明　観衆であってオピニオンリーダー
破壊者であって前衛
そして　究極の気晴しが　それがたとえ騙しと裏切りの
月並な大団円に到る卑俗なストーリーであっても
登場人物や歌手たちの性の転倒が頻繁であっても
もつれた綾の折々に主人公の歌うアリアが時代の感情を深々と掘下げ
長い眠りののちふたたび目覚めるいのちを時空に埋込み

《Le vert colibri, le roi des collines》（緑色のはちすずめよ、丘の王よ）

アンドレア
窓に日除けの降ろされた　ただ広いだけの部屋で供された
一杯のタマリンドのジュース
みんな黙っていた
じっとガラスの中の金色の光をみつめていた

ぼくはぼくの孤独の悲鳴と引きかえに
ひとりの女性の像をかたちづくりたい
その微笑と別れの挨拶を

そのひとは写真に撮られることも画家に描かれることも生涯拒み続け
海原の青に記憶さえ溶け去ることをのぞんだ

＊Alberto Savinio（1891～1952） 音楽家、オペラ演出家、作家。画家ジョルジョ・デ・キリコの実弟。本名アンドレア・デ・キリコ
＊＊グルック「デモフォンテ」
＊＊＊ポール・ヴェルレーヌ「白い月」渋沢孝輔訳
＊＊＊＊アルベルト・サヴィニオ「アルバム1914」
＊＊＊＊＊ルコント・ド・リール「はちすずめ」

夏の旅

バスが山道を登っていく
道路のでこぼこが車の床やシートから
じかにからだに伝わってくる

バスが停まると
そこは透明な別天地
空気が信じられないほど澄み切って
風がガラスの破片のようにちくちくする

時間毎に刻まれた毎日に
ぴったりとはめ込まれて
それはそれで生活の安定感をくれるのだけれど

山々のすぐ近くにいるという不思議
威厳に満ちた山容にかこまれた緊張
別の時間の中にいる奇跡

UVクリームをしっかりすりこんだ
首すじに強い日差しがあたる

柔らかい長いスカートのすそを
足首にからませながら
あふれ出しそうな川水すれすれに歩いた

このあたりであなたと最初の言葉をかわした
夕方　草に埋もれた小さな店でハーブ茶を飲んだ

聖霊によって*

フェンスに絡みついた
鳥の巣のようなスイカズラの蔓を切ると
寒気に鍛え上げられた針金のような蔓は
明るい土色を光らせて反発してくる
糸のように幼なげな枝でさえ
かじかんだ数枚の葉をまとって
健気な闘争心を燃やして

ぼくは今二十二歳
たくさん働きました

香箱座りのヨモギ猫
あなたはほんとうに
二十八年生きたの？

モーツァルトがマンハイムを経由して
母を伴いパリを訪れたのは
二十二歳の春
音楽愛好家のパトロンを介して
公爵夫人のサロンに通い
就職先の獲得を目指した

すでに十四歳にして

オペラ「ミトリダート」を完成させ
ミラノ大公宮廷劇場で三時間半の大曲を自ら指揮した
その後の活躍はヨーロッパじゅうの貴族社会に知られていて

息子の天才に早々と気付いた父が
才能に見合った安定した地位を得させようと
焦れば焦るだけ
《あの物乞いじみた一家にお気をつけあそばせ》
とドイツ女王はイタリア大司教に手紙で警告する
その才能で一家を支える期待を背負わされた
ヨーロッパじゅうの有名人にして若年（頭脳）労働者

正月松の内が明けて
数のめっきり減った庭先の侘助の薄紅の花を
ちぎり捨ててはごそごそと葉群れを離れる

《ムクドリはその巣へ帰れ**。》
頬にオレンジ色の丸印をつけ　灰色の首をかしげ
目をくるくる回している
侘助の根元には啄ばみ痕の無残な花殻が敷詰められている
どれひとつ無傷な花はない

二十世紀初頭パリの劇作家サッシャ・ギトリーから
ニースに滞在中のレイナルド・アーンの許に台本が送られてきた
アーンは原稿に目を通しさっそく作曲にとりかかり
やがて一幕三場のこぢんまりしたオペラ「モーツァルト」ができあがった
ギトリーは妻イヴォンヌ・プランタンに主役を歌わせる計画だった
主人公は一七七八年三月パリを訪れた二十二歳のモーツァルト
若い娘のように華奢で洗練された青年
人々を魅了する社交界の花
「ぼくはモーツァルトですから」

銀色の針が青い布地を縫い進むように
青空高く航行するジェット機
高高度のため針は無音でぐいぐい進む
近くの厚木飛行場に降りるのではないのか

八畳の居間で
五歳の弟が泣いている
ズボンをおろされ
腰のギブスの型を取る
職人の男が足元にかがんでいる
セーラー服のわたしは
敷居に立ちすくんでいる
泣いている幼い弟
幼い腰の肌が白い

シチズンウオッチのベゼルが
左の手首にキラッと光って
光のブレスレッドを嵌めているよう
テニスコートの女の子の指が
まっすぐな髪をかき上げる

生き物が死ぬことはみんな同じだが
死が急に訪れるか少しずつ徐々にやってくるかはそれぞれ違う
生命は黙って運命に従う

まだ声をかけると
鳴きますから

幼少時からの

度重なる巡業旅行の馬車の振動のため
慢性リュウマチを患っていた
三十歳にしてすでに肥満
だが性格は快活そのもの、美食であり、贅沢な服を好み、猥談が大好き
特別な才能の子供だったから当時の社会の規格外だった
二十六歳で父の反対（母は先のパリ旅行で亡くした）を押し切って結婚した

つかのまの富よ、記憶よ
植木鉢の萎れた花にしつこく水遣りを
続けるのは残酷なことだ
死は寒々としたものでこそ

生地ザルツブルグ大司教に従わずに解雇され
自力で糧を得る厳しい生活状態にはいる
モーツァルトは手紙に書く

《人々を唸らせるような演奏は練習すればできます。だが作曲家であるということは精力的な思考と何時間にも及ぶ努力を意味するのです。》
令法《リョウブ》別名ハタツモリは救荒植物である
花と若葉を揚げたり茹でたりして飢えをしのぐ現実を言い負かす言葉の力
あるいは現実という荒野に差し込む
スキ、クワの力
やせた現実を耕し肥沃にする
手作業の力（トラクターはない）

《結婚の誓約をしたまぎれもない証拠として》妻に歌わせるために自発的に作
曲された未完のミサ曲
それはモーツァルトの人間宣言

純真な生きるよろこび

勤め口を失ってからのモーツァルトの音楽は
徐々に凄みを増してくる

フィジャック——
不意に口から出てくるコトバは　なに?
そうだ　地名
シャンポリオンの生れた町
その町のエクリチュール広場
エジプト学者は音の無い字があることに気づいた

五十歳のモーツァルト
小太りで快活な
一五〇年前のモリエールそっくりに鼻ひげを生やし

だが北方人であるモーツァルトはモリエールのように
コユイ風貌ではない
いくぶん草臥れた風情
旅回りの小劇団の座付き作曲家
彼の出し物ジングシュピールはいつも一番人気
駄洒落と猥談がてんこ盛りの放蕩物語
花嫁を横取りする領主
騙しと裏切りのテクニック
手当たり次第に女の尻をひねりあげる親方
笑いが一番
王様　大司教閣下
俺がヨーロッパじゅうの宮廷の《時分の花》だった頃
父の反対を押し切って教会で婚礼を挙げた頃
まだ二十六歳の若葉だったが
故郷ザルツブルグの教会に献納した俺のハ短調ミサ曲を聞いてくれ

音楽の天命を受けた俺がどれほど人生に懸命だったか
誰だって涙を流すだろう

二〇一二年ザルツブルグ音楽祭
四人のソリストたちがオーケストラの前に並び
指揮者ロランス・エキルベイは指揮台上で瞑目する
彼女の合唱団アッチェントゥス室内合唱団三十二名がユニゾンでキリエを歌い
ついでソプラノが歌い始めると
歌手のほうへ首をかしげ微笑する
二三〇年前のモーツァルト
憂鬱でもの静かな一途な瞳の音楽の申し子
快活でスカトロジックで
蝶のように移り気で華やかな
座付き作曲家――俺の天才が泣くとでも

いやいやたとえウィーン郊外の共同墓穴に俺の遺骸が投げ込まれるとしても
ハ短調ミサ曲を一度でも聴いた耳の記憶は
アネハヅルの灰色の翼に乗ってヒマラヤを越え
晴れ晴れと時空を渡る

だがフリーメーソンはきわめて謹厳な職人の団体だ
オペラ「魔笛」から世は移り変り
「シベリアのドストエフスキー」、「アルベルト・サヴィニオとその母」、「吊るされた愛」、「香箱を組むヨモギ猫」、「背中から刃先の突き出た少女」、「第二学部学生の就職」、「一族の墓」……
と今日まで続く
すべてオペラブッファである

願わくば死の入り口が眠りの入り口と同じように
滑らかな心地よいものでありますように

＊モーツァルト「ミサ曲ハ短調第三曲クレド第二部 Et incarnatus est（エト　インカルナトゥス　エスト）聖霊によりて」
＊＊手塚敦史詩集『おやすみの前の、詩篇』より

b

モーツァルトになっちゃった！

……《ぼくは若僧でも小僧でもありません》* ～　さあもう行くよ

「ミサ曲ハ短調k427　第三曲クレド第二部　聖霊によりてマリアより生れ」

ぼくのミサ曲はオペラだ

祈りの曲のはずだったが、これはぜったいオペラの主役のソプラノのためのアリアじゃないか！　ジャンヌ・ダルクに限らず膠着した状況を打開するきっかけは若い女性が与えてくれる。この真率なミサ曲をぼくに受胎《インカルナーレ》させたのはきみ、新妻のコンスタンツェだから

このアリアは初めての妊娠の喜びと不安を神の前に告白するためのもの。母となることの喜びと誓い。第三曲クレドの馬車のギャロップを思わせる特異な弦

のリズムとそれに続く聖霊の抒情的なアリアとの対照を表現しているとき、まるで創造の神に乗り移られたような興奮がからだを突き抜けたよ

告知の小鳥は一羽じゃない

悪妻ともいわれたが、きみはぼくにとってそんな啓示的女性のひとりだった。聖霊のアリアの後半、小鳥との対話があるだろう。ダヴィンチでもボッチチェリでも人間より大きな告知天使がユリの花を一本担いで妊娠を知らせに来ているが、ぼくにはそうは見えない。知らせの天使はそんな大きくない、せいぜいウグイスかシジュウカラほどの歌のうまい小鳥たちなんだよ、マリアつまりきみの頭の周りを花輪のようにぐるぐる四、五羽で飛び回ってるんだ。その子たちと若いソプラノアリアが歌い交わしているんだよ。もうここまでできたらじゅうぶん、そのあとの感謝や誓いははぶいてしまおう。敬虔さより浮き立つ心のほうがどうしても勝ってしまうのは、ぼくたち夫婦の未来は端っこのない真っ白な紙で、どんな希望も書き込むことができるからだよ。ぼくはオペラを書くよ。生活をかけた必死の闘争が待ち受けているとしても、教会を飛び越して

しまったジャンヌ・ダルクの受難さえ思い出されるとしても。お父さんには仕事の合間にまた手紙を書くよ。姉さんにはリボンを送ってあげよう、首に巻いても、髪をくくってもまだ余るぐらい長いきれいな藤色のやつをね。二人の日日が穏やかでありますように。なんてったって、ウィーンは音楽にあふれた街だからね

びっくりするなあ、遥か二三一年後、二〇一四年四月二十日朝八時五分、こちらから見れば東の果ての日本のNHKラジオ番組「音楽の泉」でハ短調ミサ曲が放送される。信仰篤い家庭に育ったモーツァルトの傑作だと皆川達夫さんがくぐもった声で解説してくれる。そういえばぼくは《家にいるのが好きだ》とたびたびきみへの手紙にも書いている。両親のようにきちんとした家庭生活を築くつもりだった

池袋の通りを歩いていると

ヤマハ楽器の店があった。ふたり連れの女の子が入っていくのにつられて店内に入り、とりあえず二階に上がると楽譜の棚が目にはいった。ミサ曲ハ短調の

総譜は幾種類かあるが、輸入物の分厚い総譜は五千円。第十曲目のソプラノアリアのところを開いてラテン語の歌詞がきちんと音符に配分されているのをたしかめた。総譜を棚に戻し、黄色い表紙の小判の一冊を買うことにする。曲はクラリネット五重奏曲で全音出版刊七〇〇円
YouTubeにアクセスして曲を聴きながら楽譜を追っかけてみた。これがすごく楽しい。自分自身でいま曲を書いている錯覚におち、もともと譜面も読めないのに、モーツァルトになっちゃった！
冬のぶり返しで冷え込む夜、本棚に死んだ猫の写真

モーツァルトを聴く人はみんなモーツァルトになって聴く
モーツァルトは聴く人をみんなモーツァルトにしてしまう

銃弾の生臭く重い
けはい。狙われている恐怖。狐の子として夢の中の遭難から救われ、いま生きている、目覚めたから

「クラリネット五重奏曲k581」

春の遠足の帰り。都心へむかう私鉄電車の貸切車両の座席で窓から射し込む春の午後の日差し。電車の揺れが心地よくいつの間にかこっくりこっくりと居眠りをする。電車が鉄橋を渡る。車輪の轟音がこもった音に変わる。川面がきらきら光って見える。遠い水面では光はプラチナ色の無数の魚になって跳ねている。子どもはこっくりこっくり、窓の風景が灰色の影になって柔らかに頬を横切っていく。さあ着いたよ、先生に揺り起こされる。寝ぼけ眼をこすり、それから小さなあくび

風呂場でゾウリムシの

ひと粒が
わたしを流さないで！　と叫ぶが
だれにも聞こえず　むなしく流されていく

バッハのフーガを

真剣に勉強した。ぼくが生れたのはあなたが没して六年後。弱冠八歳のときロンドンに一年滞在して末の息子さんのヨハン＝クリスチャン・バッハにお会いしている。息子さんはオペラ好きでね、ちょうど上演中だったオペラを鑑賞して、言葉では言い尽くせないほどの教えをいただいた。ヨハン＝クリスチャンのイタリア仕込みのアリアはぼくのフレーズにそっくり。いや二十一歳も年上の兄貴分だからぼくのほうが似たわけか。お腹の空いた赤ん坊みたいに、あなたの音楽のおっぱいをありったけ吸い尽くさせてもらった。この栄養はぼくを生涯にわたって養ってくれた

神童と呼ばれた

子供時代から人懐っこく可愛らしく、晩年はやたらと借金をおねだりする甘ったれだったし、どの作品も純真な愛らしさに満ちているが、ぼくはけして愛され上手ではなかった。自分の本質にかかわる愛され方しか望まなかったから

音階にアルページョを

つけただけじゃないかと、後世の譜読み自慢たちはしたり顔でけなすが、ぼくは自分に聞こえている音楽の実在証明のために譜面を用いているにすぎない。音符の軸がしなって、その根元に蟻んこがうじゃうじゃ集まっては散らばっていく。聞こえている音楽を伝える方法がこの早書き法しかないんだ。楽譜を読めない人に聞こえる、耳の悪い人に聞こえない

「四手のためのピアノソナタニ長調k381　第三楽章アレグロモルト」

皇女たちやずいぶんたくさんの令嬢たちにクラヴィーア曲を作ってあげた。この曲はまだ十代の頃、姉さんと連弾するためにつくった。おどけたトリルがあるでしょう？　スタンザ（妻の愛称）、きみだって自分にフーガを作ってほしいとねだっていたね。むかしから注文する人に合わせて作曲することが多かった。はいお嬢さんあなたのために可愛いメヌエットを作りましたよ、ありがとう、でもむずかしすぎて弾けません、もっと易しいロンドを書いてくださいなだって。楽譜屋の友人からもこんな難しい曲じゃ楽譜が売れないと苦情を言わ

れた。ピアノコンチェルトは指揮をしながら自分でピアノを弾いたからね

赤い楽長服を着て

定職に就きたかった

ウィーン宮廷付楽長の職もイタリア人音楽家サリエリに居座られていた。《楽長のサリエリは教会音楽を学んだことはないが、自分は幼時からそれに親しんできました》とウィーン宮廷へ嘆願書を書いたとき、どんなに追い詰められ、悔しかったことだろう

宮廷も大衆もぼくを消耗させた。肩書きや外見がものを言う世間の評価が及ばない成熟した精神を、始終じっとしていない子どもっぽい振舞いに包んでいたところにぼくの不幸があったんだろう。作品の完璧性とは対照的に実生活はほとんど破綻状態だった。濃密な愛情表現をてんこ盛りした矢継ぎ早な妻への手紙、度重なる痛々しい借金の哀願……いったい何が起っているのか。作品の輝きが実人生の安定を食い尽くすかのような凄まじさ

伴走

キツネに出会ったことがありますか
山岳写真家のあなたへ
十勝平野の牧場主のあなたへ
早朝四時から走り出す高地トレーニングランナーのあなたへ
かつて子狐だった私へ

キーツーネ！
成長したかれらは吊り上った眼で
何を視覚したのでしょうね
かれらのために祠を建て祀ったではないですか
前足で火の玉を押さえ凛然と人間たちを見下しているではないですか
かれらが去ってもあの鋭い視線は残るでしょう
永遠に――

「オペラ魔笛k620」

なぜあれほどオペラを創りたかったのだろう
ほんとうに望むオペラを作るために一〇〇冊以上の台本を読んだ。実現したオペラは荒唐無稽、自由闊達、人の世から飛立つ幻影の世界
夜の女王のきちがいじみたコロラチュラ、特別な天分を持つものがその真価を理解されない苛立ち
フリーメーソン合唱のふくよかな和声がぼくの渇いた心をいっとき潤してくれたこともあった。失意の淋しさに耐えかねてタミーナもパパゲーノも自ら命を絶とうとする。しかし、助けられて精一杯生き、自分の知らない未来の世紀によみがえる

緑装

肉食の蟻
草食の青年

メガロポリスの理化学研究所では
肉に代わる蛋白質製剤を開発中（畜産経営は脱却）

樹木の枝は差し交わし
分厚い緑塊がびっしり建築される

ひしめく緑球の深部に住んで
心も体も緑色
肉の匂いをすばやく嗅ぎつける

他人の肉　切実な誘惑

凶暴な緑
糸をほぐすようにいのちが生れてくる

美しくも醜くもない世界の片隅でまぼろしに見る世界

隠亡たちが担ぎ出す遺骸は

ランプの明り、暖炉の火を後にして街角をどこへとも知れず曲がって行った。棺、柩はない。担架に載った緑色の人型の袋のみ。緑色の袋が運び出される（エレベーターでは担架の両側の棒が壁に立てかけられる）。高層マンションの北側の部屋から南側の四車線舗装道路の混雑する車列の間の窓のない車に運び込まれて走り去る。私たちはここで別れる。ややほっとして。私たちは隔絶した島のような生の中に戻る。やがて私たちも緑色の袋に投げ込まれて運び出される。残すつもりのものも処分されて何の痕跡も残さず、人の記憶に残りたいという唯一の願いも断たれる。一顧だにされない。私など居なかったようにこの世の扉はぴしゃりと閉じる。私が居るという生は時限を切られた偶然にすぎなかった

「アヴェ・ヴェルム・コルプスｋ６１８」

たった四十六小節しかない楽譜の頭に
《小《ソット》声で《ヴォーチェ》》と書き込んだ
マリアの乳房をまさぐるイエスのように甘えて
からだを与えられて生き、そして滅びるぼくたちの
あなたはそのありようを示してくださいます
音楽の《まことのおからだ》に触れ、涙する

「ピアノコンチェルト第二十七番変ロ長調ｋ５９５」

鳥のおとずれ、最後のウグイス

春の終り近い曇りの日の午後
窓際で今年はウグイスもツバメも来なかったと泣いていると
さしかかる梢の葉群がゆれて高い声がした
カーキ色の小さな鳥が足を力いっぱい踏んばってせわしなく左右を見回し枝か
　ら枝へ飛び移る

片時もじっとしていない。さえずり
紅梅は花盛りだが、もうここへは来ない。今日が最後
やがて緑は退く。泣いてももう遅いよ
もういっときは空を飛び、森をくぐり、川辺の草むらに眠ることができる。ぼ
　くらはそうする
いっしょに来るかい？
待って、待って！
鳥について行くために自分の重いからだを支える羽根を探している間に
小さな誘い人は飛び去った
もう待ちきれなかったんだ
二十世紀半ば老年のバックハウスが粒立つタッチで演奏する
喜びとか哀しみとかの感情区分にはいらない
十全で夢幻な存在のエクスタシーを創り出し
またたく間に駆け抜ける――夕焼けが
愛らしいたくさんのパッセージで染めた千切れ雲の散らばる空を

何も思っていない
精一杯生きた

*モーツァルトがザルツブルグ大司教からののしられたことを報告する父への手紙の中の言葉。

岩波文庫『モーツァルトの手紙』より

白無地方向幕

1

ひとふしのメロディーが朝から頭を離れない
くちの中でくりかえし小さく歌い
どこかで聞いたと　記憶のもやの中を探し回る
たどり着けずに正午を過ぎて
ガラス戸ごしに曇りの空を眺めている

どこで聞いたのだろう　この微妙な節回し

子守唄のようでもあり　ラメントのようでもある

愛しあったり
愛されない苦しみにひそかに裏切りに走ったり
音もかたちもない
ふとした凪のような
自分であるのかほかの人であるのか
消え去りやすく　けれど不意に戻ってくる

生れて二ヶ月の赤ん坊が
朝の小鳥のコロラチュラにじっと耳をすましている
遠い眼をして

何度でもあきらめよう
そのたびに輝くものがある

迷子よ
迷子よ
後戻りはきかない

2

二十歳を越えようという老い猫が
前足をきちんとそろえて
腹を地面につけて座っている
真直ぐな長いしっぽ——猫スフィンクス

よく生きた
そして待つ

川端の深い葦草を分け

音なく　眼の前に
灰色の舟が横づけされる

いま舟の上
長いしっぽが半分水につかっている

明日の真昼間
駅前通りの踏切りで
通過電車を待っていると
ひと吹きの匂いがただよい過ぎるだろう
どこかで金木犀が咲いている

真冬

真冬は
数年前昼下がりの銀座花椿通りで
急死された院長先生を思い出す
ことに
冬に入る直前の小春日和の午後など
盛装した奥様と腕を組んで歩かれている
中折れハットの紳士を

お会いしたことがない
横浜の市街地にある病院の院長先生の
葉山の別荘にお留守にうかがい
十日ほど滞在して友人と
フランスの女性作家の小説を訳しあった

真冬は
娘のころ銀座四丁目交差点の和光前で
待ち合わせをしていたクリスマスの日の午後
時計塔の鐘が四時を打っても
花束を抱いて立っている
白いリボンのような青年をずっと眺めていたことがある
ピンクと黄色と白の三本のバラが
幼くふるえて

真冬は
盛装して
奥様の腕から
舗石にくずおれた
院長先生を
見る
見たことのない人が
いま目の前で
生涯を閉じようとして

いったいエチエンヌ・マルセルは……

パリの旧レ・アールのそばの
エチエンヌ・マルセルの像は
石像か銅像か

若いブルトンに通れとささやいた
髪の毛の中のコオロギは
今年の秋もまた
通りかかっただれかをつかまえて
通れとか通るなとか
チビのホームレスのくせに

人間の大のおとなにさしずする

おお、偉大なコオロギよ！
国家草創期の初代パリ市長の
灰色の髪の毛の中のおまえが人間の歴史にそれほどの
見識をお持ちとは

ところでエチエンヌ・マルセル氏は
銅なのか石なのか

できれば銅像であってほしい
できれば騎馬像であってほしい

わたしは東北新幹線のレールに敷かれた
一ブロックの石になりたい

東京プリンス

好きな女の子
中二のときちょっとつきあってた
オレと別れた
うん、可愛かったよ、あやめ系かな
ドアのガラスに肩をつっかいぼうにして
たがいにひざが触れるほど向きあい
斜めにスマホをのぞきあう

横の席が空いた

すかさず一人が座り
でおくれたほうが
ジーパンの膝に尻を乗せようとした瞬間
間髪を入れず右手のこぶしを尻の真ん中に突き出す
苦笑いして尻を引くと
ああ、くらったあああ
と嘆く
友にいささかやましくなったのか
きんたまか？
いや、しりのあな！

きみの腹の上
浮かぶボートでめまいする
灯りの灯った
ローソクとオレンジ

ヴェルサンジェトリックスの大楢の木

八王子　村内美術館にて

夕方の海岸にはあるとき
波が荒いので
不意に
目の前に
行先がはるか沖の水平線に消えていく
田舎道が出没する
その入り口は
幹の周りがおとな十人が手をつないでやっと囲めそうな

楢の大木に覆われている
天を突くほどのその楢の巨木の枝は海鳴りのようにざわめき
海辺をひとり歩く人がその前まで来ると
葉はいっそう音高く揺れ
吸い込むようにその道に誘い込む
道は沖の海底に向かうようである

かつてこの海べりで栄え
多くの漁師たちが住み
手漕ぎの木造船が出入りする港のあった古い町へ
海の下で
紺色のとがった楢の葉がざわめき
高い声で鳴く細身の小鳥たちが
昼は巣をつくる水色の空があり
夜は

青い星がどきどきと動悸を打つ
住民は言葉を持たず
穏やかな顔つきをしているが
みな年寄りである
彼らの衣服はからだと一体になっている
迷い込んだ海辺の人に彼らはたずねる
楽器というものはどういうものか教えてほしいと

楽器にはじょうぶな糸が必要ですと訪問者が答えると
たずねた人々は顔を曇らせて
ここには糸というものがありませんと言う
それでは金属の筒はありますか
いいえ、金属とはどういうものでしょうか
誰も知っているものが居りません
葉ずれの音　小鳥のさえずり

楽器はそれらに似た音で鳴りますと言うと
ではわたしたちは楽器を持つことをあきらめましょう

そしてひとびとは
町の中央の楢の大木の下に訪問者をみちびき
息遣いで話した（言葉ではなく）

この木はヴェルサンジェトリックスの楢の木です
ご存知でしょうが
とても古い時代に
ローマに連れて行かれ
鋸でからだを挽かれた
わたしたちの族長です

あなたがそこを通って来られた

田舎道の入り口はアレジアの辻ですが
あの辻を覆っている大木はこの大楢の子孫なのです
われわれの祖先は
われらが族長ヴェルサンジェトリックスの犠牲を
けして記憶から失わないように
族長の死後
言葉で記憶をあがなったのです
友情と約束の頼りなさを忘れないために

いつも
つねに
ではありませんが
あるとき
ある機会に
族長を慕う記憶が

圧倒的な力でこの世によみがえるように

アレジアの辻の
楢の大木の
枝という枝が
高潮のように
呻き騒ぐとき
わたしたちの町は
この楢の木と共に
時空を超えてよみがえり
海の下に
永遠に死なない族長をお迎えするのです

今のように
荒々しく枝がなびいて

楢の木が
深海の色に染まり
果ての無い高さと深さに
荒れ揺らぐとき

訪問者はいつのまにか
もとの海岸の
波打ち際に立っていた

それからは
いかに波が荒かろうが
あの田舎道の入り口の楢の木に
出会うことはなく

去年の夏
パリに住みついている女友達を訪問するため
わたしは地下鉄四号線をアレジア駅で降りた

ふたり

ランボー　こんにちは、初対面ですが、あなたの生れたのは一七五六年、俺は一八五四年だからあなたは俺の九十八年前の人物ですね、ともに北ヨーロッパ生れの白人だという共通点があるし、面白いのは、軍隊、いや行進曲好きというのも似ている。あなたの曲にはミサ曲といえども、必ず行進曲風のパッセージがある。「僕はドイツの男です」とたびたび手紙にも書いていますね。あなたは兵隊だったことはないが、俺はありますよ、しかも脱走兵だ。

モーツァルト　きみも若いね。どうやらともに三十代半ばに人生を終えているから、僕は一七九一年、きみは一八九一年の死亡、ぴったり一〇〇年の開きというのも奇跡的だね。ニンゲン、まっしぐらに生きれば三十五年ぐらいが寿命だろう、僕の社会的人生は五歳からはじまったから、充分とはいえないが足りなくもないさ。行進曲好きというが、それ以上に極めてリリカルなフレーズもふんだんにあるよ。生きていれば、息をしていれば、自然に湧いてくるんだ、抒情性は僕の単身の生の証明、行進曲は社会存在の証明だよ。

ランボー　あなたは俺の祖父という位置ですね、隔世遺伝で、孫は祖父に似るというじゃないですか。あなたに似ていれば、精神としてですが、光栄です、老人にはなりえなかったどうしてですからね。ところであなたはどうしてオペラにこだわったんですかね？　ミサ曲でも、交響曲でも大作の傑作はいくつもあるのに。まあ、オペラはほかの楽曲に比べれば何十倍ものボリュームですし、上演してアタれば何年分の生活費が稼げるというのもあるでしょうが、見ていると、金のことだけじゃなく、精神として、作曲家としての天職としてオペラを創りたがっているふしがある。自分に望めない人生のスケールをオペラに求めたということですか。俺も詩作の果てに行き着いたのは、イメージとしてのオペラであることは『イリュミナション』で明らかだが。

モーツァルト　オペラが好きだね、じっさい。よい台本があればもっと創ったろうね、歌いながら夢中になって譜面を書いたよ。楽しかったな。

（割って入った二十一世紀の声）　モーツァルトさん、あなたのオペラのいくつかをYouTubeの全曲ライブで聴いていると、全く文学的でないなという思いが沸いてきます。充分美しい、充分深い、充分充実しているにもかかわらず、何か落ち着きがない、そわそわしている。指揮者のジェレミー・ローレルはインタビューで、カオス的な混乱と説明していますが。演出も指揮も草臥れただろうなと同情します。主人公たちは子供っぽく、悪く言えばちゃらちゃらしている。何がしたいのかはっきりしないままそわそわしている。落ち着いた人格にはまず出会わない。公爵夫人も、村娘も、厳格な父親も、なんかばかばかしく、それだのに憎めない。ああ、人間って本来はこうだよな、という思いがする。しかしそれは人間存在の魂にかかわる共感では全くないです。なんだろうこの違和感は？　登場人物たちが無重力の中をふわふわ浮いているように見えます。ランボーさん、あなたの詩もそうですが、感情が後退している。無いのではないが、感情より他のものが先行している。それは、冷たさ、透明感、無価値感と呼べばいいのか、人間が世間的な欲望の器であることをやめてしまったらこうなるのではないかと思わせる、落ち着きの無さ。つまり人間から様々な局面での欲望を削り落とすと、こんな人格が現われるのではないか、と想像させられるのです。ひどく明るい、影の無い、そわそわした、うわっついた、子供のような。おふたりの感情には感傷がない。それは成熟した大人の証拠かもしれません。ランボーさんは JE est un autre. と言ってそのとばロにいますが、近代の自我、現代の自意識に感傷が混じらないのは、すこやかな感情の持ち主が真面目に生きていこうとすれば、こんな子供っぽい、濁りが無くて、でもちょっと操り人形のような人格でなければ勤まらないのかもしれません。いや、モーツァルトさん、あなたの「後宮からの逃走」だってふざけた話ですが、三時間何分という延々とした長さで、人生は気晴らしだ！と言ったパスカル風の気分がありますね。あとは現地に行って（ウィーンかパリか）実際の上演をぜひ拝見したいです。もっとも現在では原作者もびっくりの新演出でしょうが。

ランボー　過去ばかり気にするな、俺たちがヨーロッパを飛び超えたように、自分たちの時代に合ったオペラを新しく創ればいいじゃないか。他人をヨイショばかりすることはない、自分でやれ、自分でやれ！

撚火《ねんか》

金木犀の匂いが焼けている
金属的な夏が絶頂にさしかかる
（それからその先へ）*

ゆっくりと許容限界に近づいていく

ピンク色の痕跡を
探し求める血眼の視線

判別不能レベルまでかすれた
夏を踏み越えようとする

シカト**の花籠から時いろの花と葉が振り撒かれ
レースのリボンがからみつく

ごろごろ喉を鳴らす
ゴージャスな幼児たち
けものの背中にかざした
手のひらから発火する

*尾形亀之助
**相手を無視すること（広辞苑）

契約

実生の松の高い枝で蟬たちが奏鳴に励む
叫ぶ短いいのち
沈黙をはさんで
悲鳴と共に枝を放れた
鴉の番いが食事に立寄ったのだ

海がたぎり
なにもかも
干からびる
塩の砂漠がひろがり

暮れない太陽を
果てのないガラス板のように反射し続ける

かつて忍耐は
人と人の契約だった
どれほど苛酷な条件を強いあおうとも
時限の枠内の休戦だった
それでも子供や老人は切り捨てられる
青年も成人も苦悶の生より死を選びたがる

画家の返信
《ことしの夏の気象は、地球があたらしい段階に突入する序曲のような感じですね。怖いけれど見届けたいような気持ちです。*》

*辻憲さんの言葉

テークラまたは牧場の菫

ベーズレ、ぼくの従妹《いとこ》ちゃん
このごろになってきみのことをよく思い出します
あれから、ぼくはカトマンズのテロリストのように
爆走してきました
何にむかって？
平たく言えば死にむかって
そう、テロリストの生きがいは抑圧者の破壊
ぼくはそんな直接的な戦士ではない

ぼくのからだは華奢だし
腕力だって貧弱
暴力沙汰はいつも負けだった
ぼくの爆死は
肥沃なぼくの楽想を
ぼくがいなくなってもすぐそばで
ぼくがピアノで弾いているのが聞こえるようにするため
ね、ベーズレ、いとこちゃん
きみはぼくを健やかな男にしてくれた
ぼくが生れつき節《ふし》をつけて歌えないのにきみは気付いていたね！
父さんや後の時代の人のいうことなど
何も気にしなくていい
ぼくの「すみれ」（k４７６）はきみのための歌です
とりわけ最後の二行は
ゲーテ氏の詩想が切れたあとにぼくがおぎなった

《かわいそうなすみれよ！
それは本当にかわいいすみれだった》

いずれぼくはぼくたちが若い頃きみへ送った手紙そっくりな最後の協奏曲を
聴衆の前でこれを最後に演奏することになるでしょう
歌とはちがう、ぼくはきみをちゃんと見つけた

初出一覧

a

風さん！　お店のひと？	「ユルトラ・バルズ」二十号、二〇一二年十一月
月と時間	「ル・ピュール」十六号、二〇一三年四月
白炎	「鶺鴒《せきれい》通信」二〇一〇年夏号、二〇一〇年八月
欠食	「交野が原」七十号、二〇一一年四月（改題）
雨が降ったら	ウェブサイト「うろこアンソロジー」二〇一一年版、二〇一一年十二月
地中海天使	「ル・ピュール」十八号、二〇一四年四月
失声巨鳥	同右
サヴィニオ——まぼろしのオペラ	「ユルトラ・バルズ」二十一号、二〇一三年七月
夏の旅	「花椿」七七六号、二〇一二年七月号
聖霊によりて	「臍帯血ＷＩＴＨペンタゴンず」四号、二〇一四年七月

b

モーツァルトになっちゃった！　「ユルトラ・バルズ」二十三号、二〇一四年九月

白無地方向幕　『現代詩花椿賞アンソロジー』二〇一三年十二月刊（一部改稿）

真冬　「ユルトラ・バルズ」二十二号、二〇一四年二月

いったいエチエンヌ・マルセルは……　ウェブサイト「詩客」二〇一一年七月八日

東京プリンス　ウェブサイト「詩客」二〇一三年五月十日

ヴェルサンジェトリックスの大楢の木　「現代詩手帖」二〇一〇年十一月号

ふたり　書下ろし

撚火《ねんか》　「ユルトラ・バルズ」二十号、二〇一二年十一月

契約　「ル・ピュール」十七号、二〇一三年十月

テークラまたは牧場の菫　ウェブサイト「灰皿町吸殻山77番地」有働薫ブログ二〇一四年六月十九日

有働薫　うどう・かおる

詩集

『冬の集積』一九八七年・詩学社
『ウラン体操』一九九四年・ふらんす堂（新しく夢みる詩人叢書1）
『雪柳さん』二〇〇〇年・ふらんす堂
『スーリヤ』二〇〇二年・思潮社
『ジャンヌの涙』二〇〇五年・水仁舎
『幻影の足』二〇一〇年・思潮社（第二十八回現代詩花椿賞）

モーツァルトになっちゃった

著者
有働《うどう》 薫《かおる》
発行者
小田久郎
発行所
株式会社 思潮社
〒一六二—〇八四二 東京都新宿区市谷砂土原町三—十五
電話〇三（三二六七）八一五三（営業）・八一四一（編集）
FAX〇三（三二六七）八一四二
印刷・製本
創栄図書印刷株式会社
発行日
二〇一四年十月二十五日